Dorival tem um problema

1ª edição

Tânia Alexandre Martinelli
Ilustrações: Flávia Borges

Quatro Cantos

Copyright do texto © 2022 by Tânia Alexandre Martinelli
Copyright das ilustrações © 2022 by Flávia Borges

Grafia conforme o Acordo Ortográfico da Língua Portuguesa

PROJETO GRÁFICO Rosana Martinelli

REVISÃO Renato Potenza Rodrigues e Vivian Miwa Matsushita

Dados Internacionais de Catalogação na Publicação (CIP) de acordo com ISBD

M385d	Martinelli, Tânia Alexandre
	    Dorival tem um problema / Tânia Alexandre Martinelli ; ilustrado por Flávia Borges. — 1ª ed. — São Paulo : Quatro Cantos, 2023.
	    64p.; il. ; 20,5cm x 27,5cm.
	
	ISBN 978-65-88672-25-9
	
	1. Literatura infantojuvenil. 2. Relacionamentos. 3. Bullying I. Borges, Flávia. II. Título.

2023-2208	CDD-028.5 CDU-82-93

Índices para catálogo sistemático:
1. Literatura infantil 028.5
2. Literatura infantil 82-93
Elaborado por Odilio Hilario Moreira Junior — CRB-8/9949

1ª reimpressão

Todos os direitos desta edição reservados em nome de:
Rodrigues & Rodrigues Editora Ltda. — EPP
Rua Irmã Pia, 422 — Cj. 102 — 05335-050 — São Paulo — SP
Tel. (11) 2679-3157 | WhatsApp (11) 3763-5174
www.editoraquatrocantos.com.br
contato@editoraquatrocantos.com.br

Para Nathália e Matheus Martinelli

1

Contavam muitas histórias a respeito de Augusto, trisavô de Dorival. Um homem rude e de poucas palavras, mas sem dúvida o maior tirador de sarro da redondeza. Um fazedor de troça, para usar uma palavra de seu tempo.

Augusto nasceu num sítio e lá cresceu brincando com os bichos. As galinhas viviam soltas, então ele aproveitava para correr atrás delas e puxá-las pelo rabo. Dava um giro, mais de um, aliás, e depois as jogava para o alto. Elas cacarejavam desesperadas, batendo as asas e sendo obrigadas a voar na marra. Ele se divertia com o desespero alheio, ria sem parar.

— Augusto!

O menino descalço, sem camisa e de bermuda marrom nem ouviu quando a mãe o chamou. Ou fingiu que não.

— Augusto! Venha já aqui! Vou contar até três!

Era a conta. Melhor obedecer. Escondeu as mãos atrás das costas e foi até a mãe, que o aguardava ao lado da cerquinha de bambu que separava a casa do restante do terreno. Havia roseiras à frente da escadinha da entrada e estavam bem floridas. Brancas, em sua maioria.

Ao se aproximar da mãe, Augusto abaixou a cabeça e não ousou dizer nada, seus olhos estavam voltados aos pés sujos de terra vermelha, a mesma terra do chão batido de dentro de casa.

— Já não falei pra não fazer isso com as galinhas? — disse a mãe.

Ele fez que sim com a cabeça.

— E por que continua fazendo? Por que não deixa as pobres ciscarem em paz?

— Eu estava brincando...

— Brincando? Como é que elas vão botar ovo se ficam assim, nesse desespero? Deixe as galinhas em paz, Augusto!

— Tá bom, mãe.

— Vou te pôr de castigo!

— Ah, não!

Flora suspirou fundo, sem responder. Mas continuou com as mãos na cintura, brava que estava. Sua tia Elisa, como chamava a irmã de sua sogra e que morava numa casa um pouco acima da sua, já tinha reclamado do Augusto. Flora se lembrava de sua voz grave e sentia um gelo no estômago: "Dá um jeito nesse menino, Flora! Senão daqui a pouco você não pode mais com ele".

Tia Elisa era trinta anos mais velha que Flora e, claro, com muito mais experiência. Os parentes que moravam no sítio, cada qual em sua casa, sempre corriam até ela quando precisavam de ajuda, que poderia ir de dor de barriga a receita de bolo, corte e costura ou ferimentos. Tia Elisa entendia de tudo e mais um pouco.

Flora era uma moça que tinha se casado cedo, tido um filho danado de aprontador e, apesar da pouca idade, precisava cuidar da criação, da casa, da roupa, fazer o almoço, levar para o marido na roça, e ainda cuidar do filho pequeno. Às vezes, pensava que não ia dar conta, não. Não só do Augusto como dela mesma.

— Augusto, meu filho — disse calmamente, para depois erguer o tom de voz. — Tia Elisa anda muito brava comigo!

Augusto fez uma cara inocente:

— Por que, mãe?

Flora falou mais alto:

— Por sua causa! Deixe as galinhas em paz, é a última vez que eu peço!

— Vou deixar, mãe. Não precisa ficar brava.

2

Não se sabe ao certo quando foi que Dorival pegou esse jeito esquisito do trisavô. O que se sabe era que ele, praticamente bebê, desatou a rir por causa de um galo. Dois, aliás.

Era uma tarde de sábado, de sol e calor. Dorival chorava muito, não parava de maneira alguma. Seus pais não sabiam mais o que fazer. Já tinham dado leite, suco, água, trocado a fralda, mudado a roupa e nada. Não era caso de dor de barriga também.

Pai e mãe começaram a andar de um lado a outro para ver se alguma boa ideia aparecia. De vez em quando, isso dava certo.

Andaram para lá e para cá. Para lá e para cá.

E, então, deram uma trombada daquelas! Testa com testa.

Os dois botaram a mão no lugar da batida e disseram ao mesmo tempo:

— Aaaaiii!

Houve um completo silêncio no quarto. Repentinamente, Dorival parou de chorar.

Pai e mãe se entreolharam, espantados. Tinham medo até de respirar.

Poucos segundos depois, Dorival começou a rir. Riu tanto e com tanto gosto que seus pais acabaram rindo também. Até se esqueceram do galo por um instante.

Só foram se lembrar dele mais tarde, quando botaram a cabeça no travesseiro. Pelo menos, naquela noite, todos dormiram sossegados.

E o tempo passou. Dorival não podia ver alguém tropeçando, caindo da bicicleta, usando a roupa no avesso, que ria sem parar.

Aos seis anos, Dorival e Marcelo, um colega de classe, estavam no parquinho, quando Dorival quis saber quem é que teria coragem de comer areia. Aquela em que as crianças sapateavam o dia inteiro e que talvez alguns gatos fujões fizessem outra coisa durante a noite.

Marcelo disse que não iria comer areia coisa nenhuma porque fazia mal à saúde, sua mãe já lhe havia explicado isso.

— Você não vai comer porque tem cara de sapo — falou Dorival. — Rá-rá-rá! Cara de sapo!

Marcelo nunca tinha visto um sapo pessoalmente, só em livros, e achou que aquilo não fazia o menor sentido. Para começar, nem verde ele era.

— Eu não tenho cara de sapo — retrucou o garoto.

— Tem, sim! — afirmou Dorival, rindo muito. — E vai ter cara de sapo pra sempre!

Marcelo ficou pensando: como é que teria cara de sapo para sempre se não tinha cara de sapo nem agora? Pelo jeito, seu amigo era muito sem noção. Perguntou-lhe se ele sabia o significado de "para sempre". Dorival lhe respondeu que obviamente sabia.

Marcelo deixou Dorival sozinho no parque. Se o menino quisesse comer areia, que comesse e pronto, fazer o quê?

Se não fosse por esse episódio, talvez Dorival e Marcelo tivessem se tornado grandes amigos na adolescência, pois a vida inteira, quer dizer, a infância inteira, estudaram na mesma escola, além de serem praticamente vizinhos.

O caso é que Marcelo nunca mais se aproximou de Dorival, e Dorival achou que aquilo não faria a menor diferença em sua vida.

3

Depois das galinhas, vieram outras peraltices, como a mãe de Augusto costumava justificar à tia Elisa, em relação ao comportamento do filho.

— O menino é criança ainda, tia Elisa.

— É de pequeno que se torce o pepino.

— A senhora tem razão, tia Elisa.

— Você percebeu que as galinhas estão botando menos ovos?

— Ah… Mas o Augusto não corre mais atrás delas. Estou de olho nele!

— Não corre enquanto você está olhando. Mas quando você vai pra roça, adivinha o que ele fica fazendo? Escuto a risada dele daqui!

— A senhora sabe de alguma coisa, tia? Pode me falar.

— Saber explicar, eu não sei. Mas que sei, sei.

— Pode deixar, eu vou ficar atenta. E quando eu for levar comida na roça, o Augusto vai junto, assim não apronta nada.

Flora deixou a casa da tia Elisa, aonde tinha ido tomar um café, muito desanimada. Era domingo, Augusto e o pai estavam andando pelo sítio e ela já tinha cansado de tanto lavar, costurar, passar. Que bom que tinha recebido o convite para um café.

Mas que café que nada! Flora teve a certeza de que não era café coisa nenhuma que a tia Elisa queria oferecer. Saiu de lá com uma sensação ruim no peito. E, pela primeira vez, pensou que não estava sendo uma boa mãe.

4

Certo dia, Dorival quase morreu de rir. Na verdade, quase se afogou com o próprio riso. Os alunos chegaram a chamar a diretora e pedir socorro: "Depressa, dona Judite! O Dorival vai morrer!".

— Minha nossa! — A mulher levantou-se com tanta pressa que derrubou várias canetas no chão. Nem pegou. Saiu correndo para acudir seu aluno.

Mas, felizmente, não houve necessidade de tomar nenhuma providência mais drástica. Quando chegou ao pátio, Dorival já tinha se recuperado do ataque de risos e respirava com mais cadência.

— Tudo bem, Dorival? — quis saber a diretora. Quase precisou chamar socorro para ela, isso sim. Colocou a mão no peito e sentiu o coração acelerado.

E o menino respondeu que sim, tudo bem, e o fez com tanta naturalidade e até um pouco de espanto por sua pergunta, que a diretora achou que os meninos tivessem se enganado. Dorival lhe parecia ótimo, melhor que ela. Um pouco vermelho, claro, mas crianças são assim mesmo, fazem tudo correndo. "Que energia!", pensou. E na hora se lembrou com saudades do seu tempo de menina. Quanto correu, quanto brincou de queimada, mãe da rua, taco… Ô delícia.

No entanto, o que dona Judite não sabia era que Dorival não brincava de nada disso. Muito pelo contrário.

Dorival estudava no sexto ano, e em sua classe estavam Clara e Mariana. Clara entrou para a sala de aula minutos antes e por isso não soube do ocorrido lá no pátio. Quem lhe contou depois foi Mariana, que sabia dos detalhes como ninguém.

Mariana entrou na classe e cumprimentou Clara, que se sentava na carteira ao lado da sua. Tirou da mochila o que precisava e, logo em seguida, tornou a olhar a amiga, que parecia distraída com seu material.

Chamou-a:

— Clara!

A menina olhou.

— Você reparou no Dorival? — perguntou Mariana, quase em um sussurro.

Clara franziu as sobrancelhas:

— No quê?

— Ele fala umas coisas sem sentido, às vezes.

— Ah, é isso... Reparei, sim.

— E o que é que você acha?

Clara esticou o tronco para ficar mais próxima da carteira de Mariana. Também falou baixinho:

— Quer que eu fale *mesmo* o que eu acho?

— Lógico! Se eu tô perguntando...

A menina deu uma olhadinha para trás antes de responder. Dorival senta-

va-se umas três carteiras depois da sua. Ele parecia ocupado, tirando caderno e estojo da mochila, não prestava atenção na conversa.

Clara voltou-se para Mariana:

— Acho que ele deve ter algum problema.

— É?

Clara ergueu os ombros:

— Eu acho.

— Sabe que eu também pensei nisso? Quando ele me viu chegando, começou a rir, e não parava mais. Ficava dizendo: "Usando óculos! Usando óculos!".

— Verdade?

— Verdade.

— Eu tirei os óculos pra saber se tinha algum problema com eles, mas não. Nem riscado, quebrado ou torto. Tudo perfeito. Não entendi nada. Só sei que uns meninos foram correndo chamar a dona Judite porque acharam que ele ia ter um treco.

— Nossa...

Clara foi voltando ao lugar, pensativa. Dobrou os cotovelos apoiando-os na mesa e uniu as mãos segurando o queixo.

Lembrou-se de uma vez, na aula de Educação Física. Ela estava fazendo uma atividade quando tropeçou num remendo da quadra e caiu. Não foi nada, só uma esfoladinha no joelho. Nem tinha se levantado ainda quando escutou uma risada bem escandalosa. Olhou para trás. Era ele.

Clara foi novamente ao encontro de Mariana:

— Amiga, será que ele tem algum distúrbio?

— Distúrbio? — Mariana perguntou. — O que é isso?

— Bom... Não tenho muita certeza. É que eu escutei minha mãe dizendo ao meu pai que o tio Osvaldo estava no hospital por causa de um distúrbio intestinal, que o médico ia ter que examinar melhor.

— Clara! Mas o que é que tem a ver o intestino do seu tio com o Dorival? Por acaso tá achando que o problema dele é no intestino?

— É lógico que não. Mas não pode ser em outro lugar? Eu tô lembrando agora que no outro dia ele faltou porque foi ao médico.

— Ele disse que estava com gripe.

— Pode ser mentira. Vai ver estava com vergonha de falar do distúrbio.

— Você que tá achando que ele tem esse tal de distúrbio!

Clara fez uma cara pensativa. E, após um minuto, concluiu:

— Tem razão. Acho que a gente deve investigar primeiro.

5

"O exemplo é a escola da humanidade e só nela os homens poderão aprender", repetia Flora pela vigésima quinta vez naquela manhã de segunda-feira.

Pois tinha sido tia Elisa que enfiou a bendita frase em sua cabeça na tarde anterior, enquanto tomavam café. E agora tinha um disco enroscado no pensamento que não a deixava fazer o serviço concentrada.

— Por que tia Elisa foi inventar essa frase?

Entretanto, o que Flora não sabia era que não se tratava de nenhuma invenção da tia, que, aliás, nem tinha nascido ainda quando o autor Edmund Burke nasceu, muito menos ouvido falar naquele país que se chamava Irlanda, a terra natal dele.

Mas tia Elisa adorava bancar a sabida. E para ela bastava seguir alguns conselhos, frases inteligentes que ouvia de algumas comadres (era boa para decorar pensamentos, como costumava chamar essas frases), que todo o mundo ficaria melhor. Se o menino Augusto ficasse, já estava de bom tamanho.

"O exemplo é a escola da humanidade e…"

— O que é isso, Flora?

Flora deixou o guardanapo ensaboado no tanque e olhou para o marido:

— Já voltou?

— Você esqueceu de mandar a água.

Flora desamarrou o avental e o colocou junto ao guardanapo.

— Eu vou buscar.

Quando ela chegou com a água, seu marido lhe perguntou:

— O que é que você estava falando quando eu cheguei?

— Ah… Deixa pra lá.

O marido olhou bem nos seus olhos. De vez em quando, fazia isso quando queria pegar uma mentira ou descobrir o que o outro estava pensando.

— Você está triste? — perguntou ele.

Flora deu um suspiro fundo que demonstrou mais seu estado do que se tivesse usado palavras.

— Ah, Valdemar… — Ela fez uma pausa, deu outro suspiro e falou: — O exemplo é a escola da humanidade e só nela os homens poderão aprender.

— Era isso o que estava dizendo? Bonito.

— Eu não estou sendo uma boa mãe.

— Ora, essa! Quem disse?

— Se o Augusto só apronta é porque ele não tem bom exemplo.

— Claro que tem! Você é ótima mãe, esposa… É um ótimo exemplo para o Augusto.

— O Augusto! Minha nossa, cadê ele?

6

Naquela mesma manhã, a investigação começou.

Como Clara tinha uma excelente memória, ela foi se lembrando de casos semelhantes ocorridos na escola. Alguns, ela própria tinha visto; outros, somente ouvido falar. Pegou caderno, caneta e partiu para o pátio com Mariana na hora do intervalo.

O primeiro caso de que se lembrou se referia a um menino um pouco maior que os demais. Seu nome era Antônio e ele também estudava no sexto ano, em outra classe.

— E por que é que você quer saber disso? — perguntou o menino, enquanto tomava um gole de suco de laranja.

— A gente tá achando que o Dorival tem uma espécie de… Bom. Que ele tem um problema.

— Ah, mas isso eu já sabia faz tempo!

— Ah, é? — Mariana arregalou os olhos. Clara também.

— Eu acho — falou Antônio, demonstrando firmeza. — Ele adora rir de umas coisas bobas.

Clara ajeitou melhor o caderno e se posicionou para anotar:
— Por exemplo?
— Me acha engraçado só porque eu sou mais gordo que ele. Quando me vê, desembesta a rir.
— Hum... — Clara foi escrevendo.
— E não é só isso — continuou Antônio. — Ri também porque o Claudinho é mais magro que ele.
— Que interessante! — disse Clara, toda animada.

O menino não entendeu:
— O que é interessante?
— Você não percebe? Ele ri porque você é mais gordo, mas também ri porque o Claudinho é mais magro — Clara deu uma olhadinha para a amiga. — Minha teoria pode estar certa, sim, Mariana.
— Que teoria? — quis saber Antônio.
— Depois a gente explica. Muito obrigada! — E foi puxando Mariana pela mão e partindo para o segundo entrevistado do dia.

— Claudinho!
O menino olhou para trás, interrompendo a caminhada. Clara e Mariana deram uma corridinha para alcançá-lo.
— Oi! — as duas o cumprimentaram ao mesmo tempo.
— Oi! — Claudinho disse.
— Você tá ocupado? — Clara quis saber.
— Tô indo brincar na quadra.
— Pode brincar depois?
— Por quê?
— É que eu queria saber uma coisa...
— Que coisa?
— O Dorival também já riu de você?
— Ih... — Ele estalou os dedos polegar e médio, querendo dizer que foram inúmeras vezes. Então, confirmou: — Já riu muito.

Clara balançou a cabeça para a frente e para trás e seguiu anotando.

— E você pode contar alguns detalhes? Dar um exemplo? — ela perguntou.

— Hum… — Claudinho se pôs pensativo sem focar o olhar em nada. — Acho que uma vez, ele riu dele mesmo.

— Como assim? — perguntou Mariana, curiosa.

— Olha só… um dia eu estava saindo da classe, quando passei pelo Dorival. Ele estava encostado na parede do corredor como se esperasse alguém. Logo que passei, ele gritou: "Lá vai o palitão!". E riu. Deve ter achado a frase engraçada. Pensando bem, até que ela é. Acho engraçada a palavra no aumentativo. Uma vez, em casa, fiquei um tempão pensando nisso. Fui falando pra mim mesmo: carrão, porção, cachorrão, livrão, cadernão, dicionarão… Aí fiquei em dúvida e parei um pouco. Fiquei remoendo, remoendo, mas não cheguei a nenhuma conclusão. Vocês acham que tá certo dicionarão? Ou seria dicionariozão?

— Sei lá — respondeu Clara.

Mariana levantou os ombros dando a entender que não fazia a mínima ideia.

— Bom... Resolvi continuar pensando assim mesmo. Só que aí foi pior.

— Pior, por quê? — perguntou Mariana.

— Porque apareceu sabão na minha cabeça. Vocês acham que sabão é aumentativo de sabo? Mas o que é um sabo?

— Não existe essa palavra, Claudinho — disse Mariana, convencida de que estava certa.

— É — concordou Clara. — Não existe.

— E o sabonete?

— Quê? — perguntou Mariana.

— Podem ter grudado "nete" no sabo. Sabo, sabonete, sabão. Vai ver são parentes.

— Você pensa em cada uma, Claudinho! — O menino estava deixando Clara confusa. Ia acabar perdendo o foco da conversa. — Mas me fala do Dorival!

— Ah, é! Bem, como eu ia dizendo, ele achou esse tal de palitão a coisa mais engraçada do mundo. E eu disse pra vocês que também acho. Mas não pra ficar rindo o dia inteiro. Aí já era demais.

— E ele riu o dia inteiro? — perguntou Clara, abismadíssima.

— Hum... — Claudinho colocou uma das mãos no queixo dando uma coçadinha de leve. — Não sei ao certo. Já tinha dado o sinal pra gente ir embora, então eu fui. Ele ficou lá. Se você quiser saber se ele continuou rindo até chegar em casa, então tem que perguntar pra mãe dele.

— Não será necessário — resolveu Clara. — Muito obrigada pelas suas informações, Claudinho.

— De nada.

7

Augusto estava no paiol. Tinha feito uma bagunça grande por lá. Pulou em cima dos milhos, que esperavam ser triturados, como se o fizesse em cima de algo bem fofo, macio. Pulou, desarrumou, riu, riu tanto, que ganhou uma alergia daquelas.

Ao escutar as risadas do filho, Flora correu para lá.

— Mas será possível, Augusto!

— Atchim! Eu estava brincando, mãe!

— Aqui não é lugar de brincar, menino!

— Atchim!

— Dessa vez, você fica de castigo! Arruma essas espigas do jeitinho que estavam!

— Atchim!

Não demorou nem um minuto para Flora mudar de ideia. Percebeu que a melhor alternativa seria tirar o filho do paiol antes que ele não parasse mais de espirrar.

— Pra casa, Augusto! E não saia de lá até eu voltar. Vou aproveitar que você bagunçou tudo aqui e debulhar esses milhos pra dar aos porcos e galinhas, assim adianto o meu serviço.

— Posso ajudar?

— Claro que não.

— Ah, mãe!

— Vá pra casa e lave bem esse rosto, antes que você fique pior.

Flora foi pegando os milhos que Augusto tinha derrubado da pilha e levando até a debulhadeira o que seus braços conseguiam carregar. Tirou as palhas, colocou as espigas, girou a manivela e os grãos foram caindo em uma caixa de madeira, colocada logo abaixo.

Escondido da mãe, lá estava ele:

— Posso girar a manivela?

Flora olhou para trás:

— Mas você ainda está aí? Não falei pra sair do paiol?

— Mas eu saí!

— Augusto...

— Fiquei aqui na porta, do lado de fora... Posso girar a manivela?

— Não!

— Por quê?

— Porque você é muito pequeno.

— Mas, mãe...

— Pra casa. Já!

Foi uma longa tarde para Augusto. Sua mãe não o deixou sair nem quando ela foi alimentar a criação. O menino pediu para ir junto, queria ajudar, se distrair, estava enjoado de não fazer nada. Mas Flora não deixou. Ou o filho se comportava ou se comportava!

Por isso tudo, Augusto prometeu a si mesmo que não aprontaria mais nada no sítio. Nem correr atrás das galinhas, nem pular em cima dos milhos, nada. Dali para a frente, seria um santo! Só faria coisas que a mãe não viesse a descobrir.

8

— Veja bem. Não tem uma lógica muito definida. Riu de você porque usa óculos, riu do Antônio porque é mais gordo, mas também riu do Claudinho que é mais magro... Amanhã pode rir de mim porque eu não uso óculos. Entendeu?

— Não.

— Ai, Mariana! Você tá é com má vontade!

— Eu? Mas não entendi mesmo, o que é que eu vou fazer?

— O que eu quero dizer é que não tem nenhuma regra, o Dorival ri de todos e por qualquer motivo. Entendeu agora?

— Ah... Agora sim... — Ela fez uma pausa. — Mas não dá pra chegar a nenhuma conclusão com tudo o que você anotou aí — e botou o dedo indicador em cima do caderno que a Clara segurava aberto.

— Dá, sim. A conclusão é essa mesma que eu falei. Não tem outra.

— E você acha que isso é um dis... dis...

— ... túrbio.

— É. Você acha?

— Pode ser, não pode?

— Sei lá. Não dá pra ter certeza. A gente não é médica.

Clara balançou a cabeça, concordando.

E, nessa hora, teve a sensação de que sua pesquisa não tinha trazido nada de importante, nada de útil. O que é que tinha descoberto, afinal?

— Tem razão, Mariana. A gente não é médica — e baixou a cabeça, chateada toda a vida.

As duas ficaram caladas por um tempo. Quando voltaram à classe, ainda estavam assim, bem diferente de todos os dias, quando checavam o resultado dos exercícios, trocavam ideias. Mas não dessa vez.

Mariana percebeu que sua amiga estava mesmo muito chateada. Queria encontrar um jeito de animá-la outra vez.

Pensou, pensou, e então, chamou-a:

— Clara!

— Ainda não terminei, Mariana — Clara respondeu com pouco-caso, sem tirar os olhos do caderno.

— Não é isso! Eu estive pensando e... Bom...

— Bom, o quê? — Clara mirou a amiga. — Sobre o Dorival?

— Chiu! — a menina deu uma olhadinha para trás. Sorte que ele não escutou, estava concentrado nos exercícios.

— Sobre o Dorival? — Clara repetiu.

— Sim.

— Fala logo!

— E se a gente perguntasse pro meu vizinho?

— Que vizinho?

— Chiu! Você esqueceu que eu sou vizinha do seu Ernesto? O avô do...

— Maravilha!

Com esse vai e vem de conversas, a professora acabou indo até a carteira das alunas:

— Algum problema, meninas?

Clara e Mariana viraram para a frente e sorriram para a professora:

— Nenhum. A gente já terminou.

— Ótimo!

9

Nem dez minutos depois, acharam aquilo uma péssima ideia. O fim da picada. Ninguém chega para uma pessoa e pergunta se o parente dela tem algum tipo de distúrbio. Isso certamente já era falta de educação. Desanimaram de novo.

Contudo, após conversarem por um tempinho mais, decidiram que, ou mantinham o plano, por pior que ele fosse, ou nunca conseguiriam ajudar Dorival com seu problema.

Agora, por que é que tanto queriam ajudar o menino se nem amigas dele elas eram, isso não sabiam. Já tinham feito esse tipo de questionamento quando estavam prestes a desistir do plano. Mas há coisas que não se explicam.

Assim, no sábado de manhã, lá se foram as duas até a casa de seu Ernesto, avô de Dorival.

Mariana bateu palmas, e o homem apareceu na varanda.

— Oi, seu Ernesto? Tudo bem?

Antes mesmo de alcançar o portãozinho, ele foi cumprimentando Mariana:
— Sim, estou bem. E você?
— Também.
— Sua mãe?
— Que é que tem?
— Está bem? Seu pai...?
— Ah, sim... Tudo certinho, seu Ernesto. Olha, esta aqui é minha amiga Clara. Eu trouxe ela aqui pra fazer uma entrevista com o senhor.
— Verdade? Que bom! Adoro entrevistas! Vamos entrando... — O avô de Dorival abriu o portãozinho de madeira cinza-claro.

E bem nesse momento, passou pela cabeça de Mariana o que ela não tinha cogitado anteriormente: e se Dorival estivesse lá dentro com a avó? Porque Dorival tinha uma avó, ela conhecia a dona Cida. Como é que faria para explicar aquela visita inusitada? E se ficasse desconfiado que estavam ali justamente para falar dele? Mariana foi sentindo um frio na barriga. Toda a farsa seria descoberta!

Achou engraçado pensar numa frase como essa. "Toda a farsa será descoberta!" Quase riu. Onde será que tinha ouvido isso? Só poderia ter sido num filme... Mas farsa? Desde quando ajudar um amigo sem que ele soubesse se tratava de uma farsa? Bom, não que ele fosse amigo...

Seu Ernesto não entendia a demora. Nem Clara estava entendendo.

Mariana resolveu dizer que preferia ficar ali fora mesmo, era coisinha rápida, seu Ernesto não precisava se incomodar. Ele disse que não era incômodo. Ela disse que era. Enfim, caso encerrado. Ficaram todos na calçada.

Mariana fez um gesto com a mão como que dizendo à Clara que o caminho estava livre, ela poderia prosseguir.

— Rã-rã — Clara limpou a garganta.

— Pode começar, minha filha — seu Ernesto quis dar uma mãozinha. Tinha a impressão de que a garota havia enroscado nas palavras.

— Seu Ernesto. Nós estamos aqui para... porque... a aula de Ciências... bom...

— Aula de Ciências...?

Clara respirou fundo e falou de uma vez:

— A risada, as frases, o aumentativo, mas também o adjetivo... O que é que o senhor acha disso?

Seu Ernesto coçou a cabeça, tremendamente confuso:

— Ciências, é? Que estranho...

Mariana tomou a dianteira:

— Seu Ernesto, o Dorival ri de todo mundo lá na escola, fala coisas sem sentido e a gente achou que o senhor saberia explicar por que é que ele faz isso. Pronto. Falei.

— Mariana! — Clara deu um cutucão na amiga. A essa altura já tinha ficado roxa!

— Ai, ô! — Mariana reclamou.

Ficou um silêncio daqueles. As meninas até prenderam a respiração, porque seu Ernesto arregalou os olhos de um jeito! Ele foi aproximando lentamente o rosto para cima das duas. Aqueles olhões.

Elas se assustaram e chegaram um pouco mais para trás. Aliás, estavam pensando em dar no pé, isso sim. Estava na cara que o homem tinha ficado furioso com o que havia acabado de ouvir. Bem que tinham discutido que essa ideia era péssima.

Clara abraçou forte o caderno contra o peito. A caneta caiu no chão.

Seu Ernesto abaixou e pegou a caneta, entregando depois à menina.

— Meu neto está assim na escola também?

Clara e Mariana balançaram a cabeça afirmativamente, em um gesto lento, o pescoço meio duro, receosas do que pudesse vir pela frente.

— Poxa vida... — Os olhos do avô de Dorival foram se tornando menores, menores... Até que se voltaram inteiros para o chão. — Poxa vida...

E seu Ernesto deixou as meninas na calçada, entrando em casa completamente inconformado.

10

Alice desconhecia os motivos de seu Ernesto ficar tão bravo quando os parentes começavam com a comparação entre Dorival e Augusto, o avô de seu Ernesto: "Esse menino puxou ao seu avô".

Seu sogro era um homem muito sossegado, mas se tinha uma coisa que o tirava do sério era isso, quando as pessoas trocavam as palavras. Trisavô não era avô. Avô era ele e com muito orgulho.

Alice já tinha levantado a hipótese de que os parentes faziam isso de propósito, só para irritar seu Ernesto. Coitado. Mas nunca perguntou. Quem era ela para provocar alguma desavença na família.

Certo domingo, estavam todos na chácara de um de seus cunhados, uma chácara pequena, mas com vários pés de frutas e uma boa horta. Era de onde vinham os fresquíssimos ingredientes da salada. Os primos tinham quase a mesma idade, brincavam juntos de correr, jogar bola, subir em árvore. A mãe de Dorival um pouco conversava, um pouco espichava o olho buscando o filho. Mas ele não corria ou brincava com os outros. Só ficava perto, observando.

O problema começou quando um dos seus sobrinhos caiu do pé de manga. Dorival desatou a rir. Alice escutou a risada do filho lá do puxadinho da casa. Levantou-se da cadeira e foi ver o que tinha acontecido, pois se Dorival estava rindo daquele jeito era porque alguma coisa não estava bem.

— Não foi nada — disse uma das sobrinhas, quando Alice perguntou a todas as crianças. — Meu irmão caiu de um galho baixo. O problema é com este aí — e apontou o primo Dorival.

O sobrinho se levantou, bateu a poeira do shorts, bateu as mãos uma na outra, e Dorival ainda ria, as mãos dobradas na barriga. O menino que tinha caído da árvore cochichou alguma coisa com a irmã e em seguida os dois foram embora. Também havia mais dois primos que acabaram fazendo a mesma coisa.

Só restaram no pomar mãe e filho.

— Que é isso, Dorival?

— Isso o quê? — disse em meio à gargalhada.

— Esse ataque de risos sem cabimento! Seu primo cai da árvore e você ri?

— Achei engraçado.

— Não foi engraçado!

— Ah, foi sim! É que a senhora não viu...

— Dorival...

— Olha lá, mãe! — Dorival apontou. E parou de rir no mesmo instante. Alice girou o pescoço e viu uma movimentação ao redor da mesa, no puxadinho. — Chegou a hora da sobremesa! Oba!

11

Alice estava terminando de fazer o almoço, naquele sábado, quando ouviu baterem palmas na frente de sua casa.

— Já vai!

Ela mexeu a panela mais uma vez, abaixou o fogo, colocou a tampa e foi espiar pela janela da sala.

— Ah! — Abriu a porta.

— Entra, seu Ernesto. Seu filho foi fazer uma entrega, mas já volta. Espera.

— E o Dorival?

— Foi junto.

Ele se mostrou decepcionado:

— Queria ver meu neto...

— Então fica e espera um pouco! Já, já eles chegam. Só que o senhor vai ter que esperar na cozinha se quiser companhia. Minhas panelas estão no fogo.

— Nossa, Alice! Nem me dei conta da hora! Acho que volto mais tarde.

— Ah, imagina! Não faz cerimônia. Quer esperar aqui na sala? Eu ligo a televisão.

— Vou esperar. Mas não precisa ligar a televisão. Fico bem assim.

Seu Ernesto se ajeitou no sofá, enquanto Alice lidava com as panelas. Estava um cheiro bom. E também um silêncio, que o ajudava a pensar.

Lembrou-se da conversa com as meninas havia pouco. E ficou se perguntando por que é que não tinha conversado antes com Dorival. O fato é que nunca imaginou que esse problema tão antigo pudesse voltar a se repetir na família. Como pode? Coisa de três gerações atrás?

Quando era pequeno, seu Ernesto ouvia do pai algumas histórias, não muitas. Ele não gostava de falar do próprio pai, avô de seu Ernesto e trisavô de Dorival. Quando perguntava mais, ele lhe dizia que era "assunto de família" e colocava um ponto-final. Só depois, ao crescer, foi que compreendeu que toda vez que algum parente dizia "assunto de família", na verdade estava dizendo "segredos de família".

A vida foi passando, seu Ernesto crescendo, e ele acabou descobrindo mais fatos que envolviam seu avô Augusto. Juntava uma coisa aqui, outra ali, uma pessoa jurava que era tudo verdade, enquanto outra jurava que era tudo mentira.

Se seu Ernesto tivesse vivido numa época em que estudar fosse mais fácil, ele gostaria de ter se formado jornalista. Como gostava de pesquisar histórias, investigar! Não tinha tido uma vida muito fácil, precisou trabalhar desde cedo. Primeiro, ajudando o pai, que era um excelente pedreiro, depois, quando aprendeu a lidar com a madeira, seguiu a profissão de carpinteiro.

Seu pai tinha vindo moço do sítio e aprendido o ofício com um irmão mais velho, que já estava morando na cidade. Erguia cada casa bonita que só vendo, todo mundo queria o serviço dele. Seu Ernesto ainda era bem novo quando começou a ajudá-lo para o dia render mais. Trabalhava calado, enquanto o pai assentava os tijolos. E se vinha com alguma pergunta sobre o passado, sobre os tais "assuntos", como o pai assim falava, logo escutava reclamação: "Deixa disso, Ernesto, e vamos trabalhar".

Não perguntou mais. Para o pai. De vez em quando, perguntava para um tio, uma tia ou até para primos mais velhos.

— Seu avô brigou por causa de dez contos e levou catorze pontos na testa.

— Seu avô riu do nariz do seu Wantuilde e foi pra casa com o próprio nariz quebrado.

— Seu avô gritou tanto com o vizinho que acabou ficando sem voz por trinta e sete dias e meio.

— Seu avô riu sem parar por vinte e cinco horas e ficou soluçando por mais vinte e cinco.

— Seu avô xingou o irmão treze vezes e na décima quarta o rapaz infartou. Dizem que nem sentiu remorso.

Foi no minuto em que a porta da sala rangeu, que seu Ernesto dissipou as lembranças.

— Vô!

Dorival correu a abraçá-lo. Mais que isso: se jogou em cima do seu Ernesto.

— Dorival! — O pai lhe chamou a atenção. — Não faz isso, menino! Olha o respeito!

— Pode deixar. Eu gosto de todo esse carinho.

Dorival ficou um minuto agarrado ao pescoço do avô. Depois lhe perguntou:

— Veio almoçar com a gente?

— Não.

Alice escutou da cozinha e de lá mesmo falou:

— Claro que sim! Fica pro almoço, seu Ernesto.

— Alice, eu realmente não me dei conta…

— Pai, fica! — pediu Toninho. — Se a Alice tá convidando é porque faz gosto que fique.

— É, vô! Por favor, por favor!

Seu Ernesto riu. *Ah, esse menino*, pensou. Tão alegre, brincalhão… Opa. Seu Ernesto se lembrou do real motivo que o levou até lá. Porém, se não almoçasse, não conseguiria conversar, pois é claro que a comida já estava pronta.

— Está bem — ele respondeu. — Aceito!

— Oba!!!

— Vou arrumar a mesa — disse Toninho. — Dorival, converse com seu avô enquanto isso.

— Pode deixar!

Dorival ficou sozinho na sala com seu Ernesto, que, a princípio, ficou olhando para o neto sem dizer nada. Não. O momento não era aquele. Melhor todo mundo conversar de barriga cheia. Quer dizer, todo mundo, não. Essa era uma conversa particular. De avô para neto.

12

Clara achava seu quarto o melhor lugar para pensar, afinal há coisas que a gente só pode fazer sozinha. Pensar é uma delas. Dá para contar as ideias depois e ouvir uma opinião. Mas não dá para ninguém entrar na nossa cabeça.

Por isso, quando chegou da casa do seu Ernesto com o bloco de anotações vazio, terrivelmente em branco, ela se deitou na cama e ficou pensando em duas coisas:

A — Por que o Dorival era tão estranho?
B — Por que o seu Ernesto tinha ficado tão estranho?

Mas não foi só isso. Também se perguntou por que é que tinha essa mania de querer descobrir as coisas. Verdade. Era assim desde pequena. Seus tios lhe diziam que se tornaria cientista, era curiosa, gostava de escarafunchar as coisas.

— Por que cientista? — a menina lhes perguntou, quando ainda era bem pequena.

— Por que são os cientistas...

— E as cientistas... — corrigiu a tia.

— Isso — o tio continuou. — E as cientistas que descobrem feitos importantes para a vida das pessoas.

Clara achou que foi esse pensamento investigativo que permaneceu em sua cabeça. Fazia sentido ser assim. E fazia sentido querer descobrir o problema do Dorival. Poderia ser uma descoberta que revolucionaria o mundo e que ajudaria não só a ele, mas também outras pessoas com o mesmo distúrbio — a essa altura, Clara já tinha se dado conta de que a raiz do problema era alguma coisa que viria a descobrir.

Passou as anotações numa página limpinha do bloco, organizando o que antes era uma bagunça. O primeiro entrevistado tinha sido o Antônio. Depois, o Claudinho. Então, a Mariana...

Ei!, disse a si mesma. *Eu não fiz entrevista com a Mariana, não! Se bem que ela mesma me contou tudo sem que eu tivesse perguntado nada. Foi a partir disso que a investigação científica começou. E os dados são... São um enigma.*

Será que os cientistas tinham tanta dificuldade assim?

Se eu já fosse uma cientista, e adulta, tenho certeza de que não precisaria ficar quebrando a cabeça no meu quarto o dia inteiro!

Analisando bem, quem poderia dar informações mais precisas sobre o caso era seu Ernesto, mas ele tinha se recusado a falar. Bom, pode não ter se recusado, exatamente, mas ficou lá, com aquela cara de quem tinha visto fantasma.

O que é que eu falei de errado?

Clara chegou à conclusão de que não tinha falado nada de errado, só engasgado um pouco, a Mariana, sim, é que tinha metido os pés pelas mãos.

Quer saber? Cansei! — E se levantou da cama, indo até a sala telefonar para a amiga.

— Alô!

— Sou eu, a Clara.

— Fala.

— Preciso que você me ajude a pensar, porque sozinha não tô conseguindo, não.

— Ih, Clara! Não posso. Estou lavando a louça.

— Lava depois.

— Depois preciso fazer a lição.

— Porcaria!

— O que é que aconteceu?

— Não sei. Por isso eu tô pedindo ajuda.

— Vai me dizer que é sobre o Dorival?

— Claro, né? A nossa investigação não acabou!

— Nem começou, você quer dizer.

— *Lógico* que começou! Já temos os dados de três entrevistados.

— Mas seu Ernesto não falou nada.

— Não tô falando do seu Ernesto! Tô falando de você.

— Eu?

— Esqueceu que a história toda começou com o seu depoimento?

— ...

— Alô?

— Oi, Clara. Tô aqui.

— Por que parou de falar?

— Ué! Quando alguém fica surpreso com alguma coisa para de falar. Toda história é assim.

— Mas isso aqui não é uma história! É um caso sério! É sobre um menino que ri dos outros a todo momento e sem nenhum sentido!

— Não deixa de ser uma história.

— Tá bom. Que seja. Mas, e agora? O que é que a gente faz?

— ...

— Alô! Mariana! Vai me deixar no vácuo de novo?

— Espera! Tô pensando...

— ...

— Sabe que eu estava lavando a louça, né?

— Sei, você já disse. Mas dá pra interromper um pouquinho pra falar com a sua melhor amiga, né?

— Não é por isso que eu tô falando, não. É que, sabe a cozinha?

— Ai, Mariana! Quantas vezes eu já fui na sua casa?

— Sabe a janela?

— Não.

— Como, não?

— Claro que eu sei! Qual é a importância disso?

— Se você me escutar...

— Ahn.

— Tem a janela, o corredor que dá pra casa do lado, um muro baixinho entre a minha casa e a do vizinho e a janela da cozinha do vizinho. Por isso a gente escuta as conversas, às vezes, mesmo sem querer.

— Nossa, Mariana! Toda essa explicação enrolada pra falar o quê? Você nunca teria chance como cientista!

— Como o quê?

— Nada. Vai direto ao ponto.

— Seu Ernesto saiu e não voltou para o almoço.

— Oi? Tudo isso pra dizer...

— Eu ouvi a dona Cida conversando com ele pelo telefone.

— "Mas, Ernesto! Você falou que voltava logo!"
— ...
— "E onde ele foi?"
— ...
— "Certo, certo..."
— ...
— "E por que você não disse que eu tinha feito aquele macarrão que me encheu a semana intei... Tá bom. Tá certo. Tá. Tá."

Mariana parou de falar, e Clara entendeu que a conversa entre a dona Cida e o seu Ernesto tinha terminado.

Então, perguntou:
— Que mais?
— Só.
— Mariana! Isso não esclarece nada!
— Como, nada? É claro que esclarece! Isso significa que o seu Ernesto não almoçou com a dona Cida hoje, mesmo ela tendo feito o macarrão que ele adora. Imagina. Você pede pra sua mãe fazer seu prato preferido e simplesmente não almoça em casa. Em vez disso, vem comer aqui, onde você nem sabe o que tem pra comer.
— E daí?
— E daí que ele só pode ter feito o que fez por um motivo muito importante. Mais do que o macarrão.
— Tudo bem, Mariana. Eu entendi. Só não sei o que tudo isso tem a ver com a nossa investigação.
— Ah... Acho que eu pulei essa parte...
— Qual parte?
— Da despedida. A dona Cida falou um monte de tá bom, tá certo, tá, tá, e depois terminou dizendo pra ele dar um beijo nos três.
— Três.
— Sim. Pai, mãe e Dorival.

13

Se havia uma coisa que irritava Mariana era quando a Clara começava a inventar palavras. Primeiro foi o distúrbio, que demorou uma semana para decorar. Agora, cientista. Não que não soubesse o significado dessa palavra. O caso era outro.

Por que é que Mariana não tinha chance como cientista? A Clara queria dizer que só ela é que tinha? Mas, se ela poderia, por que Mariana não?

Ficou lavando prato pensando nisso. Sua mãe escutou a água escorrendo por tempo demais e veio chamar-lhe a atenção. Na verdade, a pia estava lotada de coisas para lavar, umas vasilhas de plástico boiando.

— Mariana!

A menina levou um tremendo susto! Por sorte não estava lavando nenhum copo. Fechou a torneira imediatamente.

— Nossa, mãe! Que susto você me deu!
— Olha essa pia cheia de água e espuma.
— Desculpa.

— Está com a cabeça onde? Aconteceu alguma coisa?

— Não. Só estava pensativa.

— E dá pra pensar sem gastar água? Preciso te explicar a situação do planeta?

— Claro que não, mãe. Eu já sei e... Por falar nisso... Você acha que eu poderia ser cientista?

— Cientista?

— É. Descobrir coisas pra ajudar a natureza, por exemplo.

— Como a não gastar água?

— Isso eu já sei.

— Está falando sério?

— Sim. Acha que eu teria alguma chance?

— É lógico que teria! Se você quiser, pode. Só não entendi por que está me perguntando isso agora.

— Por nada. Só queria saber sua opinião.

14

— Alô!
— Alô! Sou eu, a Mariana.
— Oi, Mariana!
— Não gostei do que você falou.
— E o que foi que eu falei?
— Que eu não teria chance como cientista.
— Ah, é isso?
— Exatamente isso.
— ...
— Alô!
— Tô pensando.
— Vai dizer que você ficou surpresa e por isso ficou quieta.
— Não, Mariana.
— Então, por que parou de falar?
— Parei de falar porque eu preciso te pedir desculpas.
— ...

— Não devia ter falado daquele jeito com você. Além de tudo é uma mentira! Foi você que descobriu dados importantes sobre a investigação! Se não tivesse associado todos aqueles elementos do almoço, a gente não saberia que o seu Ernesto tinha algo muito mais importante pra fazer do que comer a sua comida favorita. Além disso, tudo aconteceu praticamente logo depois que saímos da casa dele. Sinal de que o que nós falamos foi decisivo pra ele deixar de lado o macarrão da dona Cida.

— Clara! Que fantástico!

— Foi você que descobriu.

— Não! Eu só descobri uma parte e não pensei nessa segunda. Na verdade, quando eu desliguei o telefone eu estava era muito chateada! Gastei litros de água que não deveria por causa da história da cientista.

— Eu errei. Me perdoa.

— Tudo bem.

— Você pode ser uma ótima cientista se quiser.

— Você também.

15

Alguns dias se passaram antes que Clara e Mariana chegassem a uma conclusão. Mais precisamente, uma semana depois da entrevista com seu Ernesto. Que nem tinha sido uma entrevista, melhor dizendo.

Só que aí, tudo piorou, a situação ficou ainda mais estranha, praticamente indecifrável.

Se antes Dorival ria à toa e falava tolices, agora ele não ria e não falava. Tolices, no caso. De uma hora para outra, tinha resolvido falar gentilezas. Se antes Dorival era visto andando sozinho pela escola e só parando quando fosse rir de alguém, agora ele estava sempre acompanhado, conversando e brincando. Brincando!

Era o enigma mais enigmático de todos os tempos.

Naquela manhã, Clara e Mariana estavam sentadas num dos bancos do pátio da escola, aguardando o sinal para o início das aulas. O caderno estava aberto no colo de Clara, com seus mil e um rabiscos. Pistas, entrevistas, anotações, desenhos, opiniões e, abaixo, num espaço maior, Clara tinha escrito assim:

Conclusão:

E o que vinha logo depois era uma bela página limpíssima, sem nenhuma marca de caneta. Difícil.

Foi nesse momento de total apreensão, que Dorival chegou à escola. Quando viu as meninas sentadas no banco, parou diante delas e as cumprimentou:

— Oi!

— Oi! — Clara e Mariana responderam, praticamente ao mesmo tempo.

— Gostei do seu rabo de cavalo — disse Dorival. — Ficou bonito.

Automaticamente, Mariana foi passando a mão pelo cabelo, do elástico às pontas dos fios.

— Ahn... Obrigada.

— De nada! — O menino deu um sorriso amigável, arrumou uma das alças da mochila que estava caindo do ombro e partiu.

Clara e Mariana o acompanharam com os olhos. Elas ouviram quando Dorival chamou Claudinho, um pouco mais à frente. Claudinho esperou, e os dois seguiram juntos, conversando. Antônio, ali perto, também se juntou a eles. Num certo momento, os três se abraçaram por algum motivo que as meninas desconheciam e continuaram caminhando, rumo às salas de aula.

— Que coisa... — disse Mariana, voltando-se para a amiga.

— Intrigante... — disse Clara.

— O que será que deu nele?

— Pelo jeito, o caso já foi concluído e não fazemos nem ideia da conclusão.

— Será?

— Tá parecendo. — Pausa. — Que porcaria!

— Também não consigo entender... Que será que aconteceu?

— Pois é — falou Clara. — O quê?

16

— Que seu trisavô era um homem sem a menor graça, isso todo mundo sabia — disse seu Ernesto ao neto. — Mesmo que ele ficasse rindo por qualquer coisinha à toa. Meio bruto até. Dizem que ele gostava de atazanar a vida das galinhas. Isso quando era pequeno, lógico. Meu avô Augusto nasceu num sítio e lá cresceu brincando com os bichos. As galinhas viviam soltas, então ele aproveitava para correr atrás delas e puxá-las pelo rabo. Dava um giro, mais de um aliás, e depois as jogava para o alto. Elas cacarejavam desesperadas, batendo as asas e tendo que voar na marra. E ele nem aí. Divertia-se com o desespero alheio. Quando cresceu, não mais atazanou as galinhas, mas continuou atazanando os outros. Falava alto, xingava, gritava e mandava. Ai de quem não fizesse o que ele queria. Ai de quem! Todo mundo falava que meu avô era teimoso feito um burro chucro. Sabe o que é chucro? É quando o animal é muito bravo, ninguém consegue lidar com ele. Mas, pensando no seu trisavô, a gente pode dizer que também é aquele que não se comporta com nem um pouquinho de gentileza. Gentileza você sabe o que é. Acho que foi por isso que seu trisavô ficou daquele jeito.

— Que jeito? — perguntou Dorival. Ele e o avô conversavam no balanço do quintal.

— Um jeito completamente esquisito — o avô continuou —, que ria das coisas mais absurdas do mundo... quando alguém caía, quando alguém martelava um dedo, quando ele cismava com o nariz dos outros, a orelha dos outros e também com o pé, o cabelo, o dente, o joelho.

— O joelho?

— Contam que uma vez ele riu sem parar por causa de um joelho. Quase se afogou na risada. Deu trabalho pra minha avó.

— E riu por quê?

— Sabe-se lá por quê! Quem é que entendia essas esquisitices dele? Todas as zombarias? Foi por isso que eu estive pensando... Na verdade, eu já estava com vontade de te contar essas coisas fazia um tempo, desmanchar de vez essa história de "segredo de família".

— Era segredo, é?

— Acho que nem era, se quer saber minha opinião. Creio que meu pai dizia isso porque tinha muita vergonha do assunto.

— Ahn. E o que o senhor queria me dizer?

Seu Ernesto deu um suspiro fundo:

— Dorival, meu neto. Você anda ficando igual ao seu trisavô.

O menino arregalou os olhos, surpreso. Defendeu-se:

— Nunca puxei nenhuma galinha pelo rabo.

— E por acaso tem alguma galinha aqui? — perguntou-lhe o avô.

— Não.

— Então?

— Mas se tivesse, eu não puxava. Tenho certeza.

— Que bom.

Silêncio.

— Vô...

— Que foi?

— O que aconteceu com o meu trisavô?

— Não sei direito, eu ainda era pequeno quando ele morreu. Meu pai não gostava de falar muito dele, como eu disse. Mas os meus tios contavam que ele viveu a vida inteira assim. Rindo. Rindo dos outros. Foi um homem solitário, sem amigos e distante de todos, era certo que as pessoas não tinham confiança nele. E, sendo assim, ele também não se abria com ninguém, era meio sisudo, fechadão. O contrário de mim, que adoro conversar. E como! Falo, falo… Nem vejo a hora passar, se você quer saber. Tão bom isso! Você não acha, Dorival? Não acha que conversar com os amigos é a melhor coisa do mundo?

17

Clara e Mariana ainda estavam sentadas no banco do pátio, a cabeça fervendo de tanto levantar novas hipóteses.

Até que Mariana deu a sugestão:

— Vamos desistir, Clara.

— O quê?

— De-sis-tir. A gente nunca vai saber o motivo da transformação.

— A cura do distúrbio, você quer dizer.

— Que seja.

— Mas, numa coisa você tá certa. Tudo se transforma. É a Ciência.

— Quem disse?

— Ninguém. Eu que acho.

— Ai, Clara! Primeiro você achou que era distúrbio, agora transformação da Ciência…

— Você que disse transformação, não fui eu.

— Tá certo. Eu falei, mas…

— Tudo leva a crer que o tal distúrbio sofreu uma transformação.

— Leva a crer? Precisamos ter certeza.

Clara ficou quieta. Mariana tinha razão. Já tinham levantado hipóteses, investigado, analisado as informações, levantado hipóteses de novo e justo agora que só faltava a conclusão as duas não tinham conseguido mais do que ficar com um ponto de interrogação enorme na cabeça.

— Já sei! — Clara disse, de repente. — Vamos conversar com seu Ernesto e fazer a entrevista direito.

— Ah, não, Clara!

— Por que não?

— Porque é falta de educação.

— Não é!

— É, sim. Você não viu o jeito que ele ficou? Como é que a gente vai falar tudo de novo aquelas coisas do neto?

— Você acha que ele ia ficar chateado?

— Eu acho.

— Ah... — Clara desanimou. — Então, eu não sei!

Houve uma pausa na conversa.

— Clara...

— O quê?

— E se a gente resolvesse isso de outro jeito?

— Que jeito, Mariana?

— Olha só. Tudo foi investigado, certo?

— Certo.

— E pra quê?

— Como, pra quê? Pra descobrir o distúrbio!

— E pra que a gente precisa descobrir?

— Hein?

— Se não vamos perguntar pro seu Ernesto nem pro Dorival, que são as partes interessadas, como é que vamos descobrir a verdade?

— Bom... Nisso você tem razão. Aí já não seria *a verdade*, e sim, uma invenção.

Mariana balançou a cabeça para a frente. A amiga tinha entendido o seu raciocínio:

— É isso o que eu tô querendo dizer. Já que não dá pra saber a verdade e nós queremos concluir o que começamos, vamos inventar a conclusão, ora essa!

— Mariana! Não é assim que se faz Ciência!

— E quem disse que estamos fazendo Ciência? Você que colocou isso na cabeça agora, no começo não era assim.

— Ah… As coisas mudam no meio do caminho.

— Clara…

— Tá certo. Vamos supor, supor que a gente invente uma conclusão. Por que faríamos isso? Só pra ter um final pra esse caso?

— Exatamente.

— Hum… E aí, a nossa investigação termina?

— Até surgir outra. Sempre surge.

Clara pensou que a amiga poderia estar certa. E isso a deixou animada outra vez.

Depois de uns segundos olhando o caderno rabiscado, ela decidiu virar a página:

— Mariana, tive uma ideia.

— Qual?

— Vou fazer uma poesia e caso encerrado.

— Você vai encerrar a investigação com poesia? Nunca vi isso!

— É o mais lógico a se fazer. Não tem verdade, tem poesia. Simples assim.

— Hum… Interessante sua conclusão.

— É a única possível.

— Mas eu não sei escrever poesia.

— Saber, você sabe. Tá com preguiça.

— Eu? Ora essa!

— Posso escrever sozinha e te mostrar depois. Aí você analisa e dá sua opinião, vê se quer acrescentar alguma estrofe, um verso… Que tal?

— Pode ser... Eu preciso mesmo passar no banheiro antes de voltar pra classe. Vou deixar você escrever sozinha e depois me mostrar como ficou.

— Combinado!

— Mas, Clara. Daqui a pouco dá o sinal...

— Fica tranquila que dá tempo. Eu já tô com umas ideias aqui — e sorriu, satisfeita.

— Então, tá.

Mariana foi ao banheiro. Olhou o relógio e viu que faltavam cinco minutos para terminar o intervalo. A seu ver, tempo insuficiente para que a amiga escrevesse a conclusão, quer dizer, criasse a poesia. Nunca tinha ouvido falar em alguém que escrevesse tão rápido assim. Sua professora de redação sempre dizia nas aulas para não se ter pressa.

Mas Mariana se enganou. Quando saiu do banheiro, lá vinha a amiga correndo em sua direção.

— Mariana! — gritou — Tá aqui, Mariana! — Clara esticou o braço, passando-lhe o caderno. — Acabei! — a fala entrecortada. — Veja!

Aí respirou fundo e foi recuperando o fôlego.

Mariana segurou o caderno com as duas mãos como se fosse a coisa mais preciosa. Estava emocionada. Finalmente dariam o caso por encerrado.

Acontece que ela estranhou. Por isso resolveu ler de novo, o poema era bem curtinho.

Clara estava aflita com a demora:

— E aí? O que achou? Fala logo!

Mariana tirou os olhos do papel e encarou sua amiga:

— Gostei.

— Ufa! E por que demorou tanto pra responder?

— A conclusão ficou muito boa, mas...

— Mas...?

— Uma dúvida: seu tio não se chama Osvaldo, Clara?

— Chama.

— E por que você mudou o nome dele pra Tibúrcio?

— Por nada, ué. Foi só um caso de rima.

Tio Tibúrcio tinha um distúrbio
Por isso correu pro hospital.
— O senhor não tem nada —, o médico disse.
Felizmente, não era o grande mal.
Era o seu riso que andava solto,
Nenhum problema intestinal.
Tio Tibúrcio adorou a notícia!
E com o riso consertado,
Anda por aí todo animado.
Feliz.
E fim. :;

Sobre a autora

Tânia Alexandre Martinelli nasceu em 19 de julho de 1964, em Americana, cidade do interior de São Paulo. É formada em Letras pela puc-Campinas. Foi professora de Língua Portuguesa durante dezoito anos, na cidade onde nasceu, e também atuou como coordenadora da área de comunicação e expressão. Começou sua carreira literária escrevendo crônicas e poesias, algumas delas premiadas e publicadas em coletâneas. Seu primeiro livro foi o infantil *Violeta*, publicado em 1998 pela editora Paulinas, e hoje já tem publicadas quase cinquenta obras para crianças e jovens.

Tânia se destacou com vários de seus livros e venceu importantes prêmios. Em 2020, *Estou aqui se quiser me ver*, lançado pela Editora Moderna, recebeu o prêmio Cátedra Unesco de Leitura puc-Rio e também o prêmio de Melhor Livro Juvenil da Associação dos Escritores e Ilustradores de Literatura Infantil e Juvenil (aeilij). O livro *Louco por HQs*, da Editora do Brasil, foi traduzido para o espanhol e publicado na Colômbia, sendo um dos finalista do prêmio Jabuti, o principal prêmio literário brasileiro, na Categoria Livro Brasileiro Publicado no Exterior. *O vaso chinês*, pela Editora do Brasil, foi selecionado para o Acervo Básico da Fundação Nacional do Livro Infantil e Juvenil (fnlij), na categoria Jovem, além de ser um dos escolhidos para representar o Brasil na Feira de Bolonha (Itália), a mais importante feira de livros para crianças e jovens do mundo.

Atualmente, a autora se dedica exclusivamente à literatura, dividindo seu tempo entre a criação literária e a participação em encontros e palestras com alunos, professores e bibliotecários em todo o país.

Sobre a ilustradora

Flávia Borges, que também assina como Breeze Spacegirl nas redes sociais, é ilustradora e quadrinista. Nascida na Zona Leste de São Paulo, em 11 de novembro de 1996, fez diversos cursos voltados à ilustração, como pintura digital na Faculdade Méliès e ilustração na Quanta Academia de Artes. Ao longo da carreira, já trabalhou para diversas empresas como TIM, SESC, Fiocruz, FTD e Companhia das Letrinhas. Atualmente trabalha como freelancer para o mercado editorial, infantil, didático e de publicidade. É autora do quadrinho *Maré alta* (independente), indicado em duas categorias no 35º Troféu Angelo Agostini (Melhor Lançamento Independente de 2018 e Melhor Desenhista 2019).

Para *Dorival tem um problema*, Flávia se dedicou a criar os personagens, tanto da família de Dorival quanto os colegas da escola, com características físicas diversificadas, além de se preocupar com relação à diversidade étnica, pois criou personagens brancos, negros e orientais. Flávia escolheu cores diferentes para as ilustrações que representam o passado e as que representam o presente.

1ª reimpressão

impressão e acabamento: Print Park
papel da capa: Cartão 300 g/m²
papel do miolo: Ofsete 120 g/m²
tipologia: Caslon
julho de 2024